Françoise Chaloin

Doutes, rêves, peurs

Scènes drolatiques

De la même autrice
Hautement épique!, éd. Sitaudis, 2017

Illustrations
- de couverture: Georg Ettl, *L'Oie*, 2001, gravure sur bois. @ Atelier Ettl.
- page 69: Georg Ettl, *Tête*, 2001, gravure sur bois. @ Atelier Ettl.

Conception graphique
Marie-Laure Jouanno

Impression
BoD – Books on Demand, Norderstedt, Allemagne

ISBN 9782322404995

Doutes, rêves, peurs

Scènes drolatiques

Personnages

LE WAKI — jeune, grand, svelte, glabre, élégant, d'esprit avisé, cœur solitaire, assez peu bavard

LE KYÔGEN — d'âge moyen, petit, rond, fougueux, éruptif, passionné, émotif

LA KYÔGENNE — d'âge moyen, petite, plutôt forte, énergique, réfléchie, pragmatique

LES SIX FILLES DU COUPLE (quinze ans, quatorze ans, douze ans, dix ans, sept ans, six ans)

ET D'AUTRES

Prologue

Il est là, assis, il lit, le waki.

Il a choisi un arbre près d'un ruisseau, un érable
planté sur un rocher à proximité de conifères ;
il repose sur un tapis de feuilles et d'aiguilles
mêlées. À l'horizon un pont étroit enjambe le
cours d'eau devenu rivière. Le ciel est peu clair.

Le waki est là chaque jour ou presque. C'est l'hiver,
et en hiver il ne vient pas si le froid est vif. Il
a aussi des obligations. Et parfois il change ses
habitudes. Mais un observateur intrigué comme le
kyôgen, se tenant dans le bosquet voisin, verra le
waki arriver le plus souvent aux environs de midi
pour s'installer sous l'érable. Il s'assoit en tailleur,
ouvre son livre et se met à lire. Les thèmes
de ses lectures du moment sont 1/ le banquet,
2/ la saleté, le désordre, 3/ l'insolite.
Le waki redresse parfois la tête pour regarder
en direction du pont. Se lève à l'approche d'un
visiteur.

Une femme vient. FLORENCE DUPONT. « Telle que me
voici, je suis latiniste et helléniste. » *J'ai étudié
la nourriture à Rome. Manger de la viande,
boire du vin. Se détendre, se ramollir. La tétine
de truie. La chair morte, le pourri, se délecter
du pourri. Tout cela.*
Une femme était venue avant elle. MARY DOUGLAS.
« Telle que me voici, je suis africaniste. » *J'ai
cherché à comprendre la souillure, les mauvais
mélanges. Je suis allée chez les Lele. Je vais vous
raconter le pangolin, ce fourmilier à écailles
– une incroyable bête faisant là-bas l'objet d'un
culte de la fécondité.*
Le waki sourit.

À leur suite, un homme est apparu. Paul Veyne.
«Tel que me voici, je suis historien.» *Mary*
Douglas a dit la répulsion pour l'hybride. La
vraie cause de l'antijudaïsme. Parce que le juif
de l'Antiquité chrétienne n'était ni chrétien
ni païen. C'est comme ça que ça a commencé.

Tous alignés comme face à une assemblée,
    ils saluent.

«Or çà! Voilà qui est étrange!» s'exclame le kyôgen,
    à l'oreille de qui sont parvenues, rapportées par le
    vent, des bribes des dernières paroles prononcées.
    Le kyôgen, lors, accourt, se plantant près du petit
    groupe qui s'est constitué sous ses yeux.
    Le kyôgen: «Me voici devant vous! *Je suis*
    un habitant de ces parages. Quelle rencontre
    en ce lieu! Quel honneur!» Et, à l'adresse
    de l'historien: «Or donc, je vous entendais,
    monsieur, comment est-ce que ça a commencé?
    Auriez-vous l'obligeance de nous en faire le récit?
    — Mais bien volontiers, *mon bon monsieur.* C'est
    très simple, aux yeux des chrétiens de l'Antiquité,
    les Juifs étaient des frères, mais à moitié
    seulement, car ils ne reconnaissaient pas le
    Christ. Ils étaient donc pires que les païens ou
    les hérétiques: c'étaient de faux frères...» souffle
    le vieil homme. Déjà sa voix se fait lointaine.
    «Ah bon! Ah bon!» fait le kyôgen.

Le ciel prend une sorte de teinte violette et l'arbre
    une couleur orange. Tous ces érudits s'en
    retournent comme ils sont venus. Le kyôgen,
    voyant que le waki referme son livre, s'apprête
    à se retirer. «*Hé là! l'homme!* le retient le
    waki. *Attendez, attendez un peu...* Ne soyez pas
    impressionné. *Tout ça, c'est du style; la réalité,*
    la réalité véridique, ce n'est pas ça, pas ça!

Ce n'est pas ça du tout ! Cela, n'est-ce pas,
c'est tout à fait autre chose ; cela, que vous avez
entendu, *jamais il ne l'a vu...*

— Bien sûr, ce n'est pas ça ! *La vérité réelle*, ce
n'est pas ça, pas ça ! » répète le kyôgen, hochant
la tête en signe d'approbation. « Partons d'ici ! »
dit le waki.

L'un et l'autre quittent la scène d'un même
mouvement.

« Y vas-tu, n'y vas-tu pas ? » demande l'époux.

« Il faut que j'y aille, répond la femme. Il faut que
j'aille voir ça ! » [ça : *Les armoires normandes*, ou
Les danseurs ont apprécié la qualité du parquet,
par la troupe Les Chiens de Navarre]

Gustave Flaubert
et Emma Bovary

Le kyôgen tient à ce que les jeunes filles de la
maison, au nombre de six, deviennent des
lettrées, et même, de fières lettrées. Celles-ci ne
possèdent à ce jour que des rudiments de culture.
Le kyôgen décide de faire appel au waki pour
exercer leur esprit à la réflexion. Lequel accepte
de bon gré.
Un jour de grand beau temps, peu après midi,
les six filles et leur père traversent le jardin puis
le bosquet et marchent gaiement vers l'érable,
près duquel le waki est prêt à les recevoir.
Le kyôgen : « Nous voici devant vous, waki ! »
Celui-ci invite les visiteurs à prendre place.
Des jeunes filles s'allongent sur un lit d'herbes
afin de mieux contempler le ciel. D'autres restent
debout au milieu des fleurs. Au-dessus des têtes,
pas un nuage.
En dépit de la beauté de l'endroit et des batifolages,
l'après-midi s'étire en longueur et l'ennui gagne
peu à peu les *toutes jeunes* ; le kyôgen s'entretient
de son côté avec le waki. Enfin, alors que le jour
commence à décliner, le waki se tourne vers
le pont.

:

Un homme vient, très grand, très fort, de gros yeux
saillants, des joues pleines, des moustaches rudes
et tombantes. GUSTAVE FLAUBERT.
Les petites reconnaissent l'écrivain, sautent
d'un bond sur leurs pieds et piaillent, se poussent
pour mieux voir. Leur père le kyôgen les enjoint
de se calmer tandis que le waki les invite
à formuler une question à l'adresse de Flaubert.

Le grand homme fait montre de patience
et même d'amusement.

Après qu'elles se sont concertées, l'une d'elles,
ni la plus jeune ni la plus âgée, se lance :
« Cher, cher monsieur, quel honneur, quelle joie !
Permettez-nous de vous interroger ; nous avons,
mes sœurs et moi, tant aimé *Emma Bovary*, cette
femme si belle et si seule qui connaît un tel désir
et un si grand désarroi, nous avons tant souffert
et rêvé avec elle que nous sommes persuadées
qu'elle a réellement existé. S'il vous plaît
monsieur, cette histoire est-elle vraie ? Emma
a-t-elle jamais existé ? L'avez-vous connue... ? »

Radieux, le kyôgen s'est tourné vers celle de
ses filles qui vient de s'exprimer et la considère
avec bienveillance. Or ce ne sont dans l'auditoire
que visages médusés. Sitôt revenu à l'écrivain,
le kyôgen se frotte les yeux : dans l'ombre
de Flaubert, *oh prodige*, une femme a fait
son apparition, de beaux yeux, un regard
à la fois hardi et candide, des bandeaux noirs
de chaque côté du visage, des lèvres charnues,
des pommettes roses. Emma Bovary. *Est-ce rêve
ou réalité ?* Incertitude.

« Apprenez, jeunes damoiselles, que mon roman
est *une pure invention* » déclare alors Gustave
Flaubert, indifférent à la scène qui se joue
derrière lui. « Les personnages sont complètement
imaginés, et Yonville-l'Abbaye lui-même est un
pays qui n'existe pas. » Sur ses paroles il disparaît.
Emma, dont la figure s'est brusquement ternie :
*Un rêve ? Pourquoi dites-vous cela ? Je suis
apparue [...] et je m'en viens [...]. Qu'importe
après tout puisque le monde est rêve.* Ce disant
la jeune femme entame une danse. Sa robe

virevolte, ses bottines minces s'agitent dans l'obscurité naissante.

Tandis qu'elle est toute à ses pensées et ne voit rien, le père et ses filles, suivant là les conseils du waki, ont tôt fait de s'esquiver.

Le chemin des épingles

La kyôgenne de son côté songe à l'éducation sexuelle
de ses filles. Elle ne veut ni d'oies blanches ni
de Marie-couche-toi-là. L'aînée venant d'avoir
quinze ans, elle décide de l'emmener rendre visite
à DANIÈLE FLAUMENBAUM, gynécologue.
Celle-ci exerce depuis toujours dans une cabane
en rondins au fond des bois. Un matin du mois
de mai, la kyôgenne et sa fille se mettent en route.
*« Autrefois, dans un pays comme la France, c'était
chez la couturière du village qu'étaient envoyées,
un hiver durant, les jeunes filles. »* Yvonne est là,
au détour d'un sentier, YVONNE VERDIER,
ethnologue. *« S'attifer, aller danser, avoir des
amoureux, attacher, piquer, le sang menstruel…,
voilà ce dont l'épingle est le symbole »* explique
Yvonne.
Mère et fille la saluent telle une vieille
connaissance et vont leur chemin.

:

Après trois quarts d'heure de marche dans une forêt
accrochée à un versant pentu, elles débouchent
sur une clairière au centre de laquelle se découvre
une maisonnette *très belle, très jolie, tapissée
de fleurs et de feuilles.* À peine sont-elles devant
la porte d'entrée que celle-ci s'ouvre sur une
petite femme d'une soixantaine d'années, œil
vif, air affable, d'une sage et souriante autorité
– Danièle Flaumenbaum en personne.
Les visiteuses sont introduites dans le vestibule où
la kyôgenne, après avoir offert l'huile et les olives,
est priée de patienter. La timide jeune fille,
elle, est conduite dans l'unique et vaste pièce
du logis ; là, la praticienne l'invite à ôter ses

souliers *imprégnés de rosée*, à s'allonger sur
un tapis et à fermer les yeux.

L'ayant recouverte des chevilles aux épaules
d'un damas, la femme s'agenouille à ses pieds
et commence à lui parler.

Elle prend les pieds de la jeune fille entre ses
mains, les repose puis se lève et arpente la pièce
tout en nommant les différentes parties du corps
féminin : les seins, l'entrée du vagin, les lèvres
petites et grandes, le clitoris, le noyau fibreux
du périnée entre l'anus et le vagin, l'intérieur
du vagin, le col de l'utérus, l'utérus, les trompes
et les ovaires. Et pendant tout le temps où la
praticienne effectue mentalement ce trajet
érotico-génital, l'énergie circule dans et entre
les organes de sa patiente.

La jeune fille, se sentant de plus en plus dense
et vivante, se prête avec une joie grandissante
à l'expérience ; son corps enfle, sa bouche
s'ouvre en rond, elle est prise de bâillements
intempestifs, ses yeux pleurent abondamment.
L'énergéticienne, assurée en cet instant que
celle-ci se prépare une sexualité bien heureuse
et revitalisante, peut alors interrompre le voyage
initiatique.

Elle répand un peu de bière autour de la couche,
invite la petite à ouvrir les yeux, l'aide à se relever
et lui dit : « *Quand tu aimeras un homme et que
tu ressentiras le désir de faire l'amour avec lui,
d'être pénétrée par lui, tu pourras t'ouvrir à ce
plaisir et tu sauras recevoir son sexe et les forces
qu'il transmet. Tu sauras ressentir les vibrations
produites par la rencontre des sexes.* »

Enfin elle la raccompagne jusqu'au seuil.

La kyôgenne retrouve sa fille, toutes deux se voient
remettre un morceau de galette et des figues
qu'elles mangeront sur le chemin du retour,
près d'une source.

L'ironie romantique

Le kyôgen est allé voir la rétrospective que le musée
de la ville consacre à un célèbre artiste, Paul Klee,
et il a été frappé par la notion d'«ironie
romantique». C'est l'angle d'approche choisi par
les organisateurs, ainsi que l'explique le livret
accompagnant l'exposition. Il y est écrit que Klee
transforme les formes géométriques abstraites de
Kandinsky en aquarium à poisson ou en bouche
d'acrobate.

Les jours suivants, le kyôgen, retiré dans son
pavillon, relit ses auteurs favoris à l'aune
de l'ironie romantique. Toute sa bibliothèque
est passée au crible, minutieusement analysée,
des semaines durant. Il dort quelques heures à
peine par nuit, oublie régulièrement de s'abreuver
et ne touche pas à la nourriture que sa famille
dépose matin et soir devant le *studiolo*.
Un jour enfin, debout au milieu de la pièce, tourné
vers la fenêtre ouverte qui donne sur la rue, il
clame, pris d'une inspiration : «Ainsi donc, l'art
est un sentiment! Ainsi donc, l'art est un artifice!
Ainsi donc l'art est un sentiment et un
artifice!...»
«Ce que vous dites là est extraordinaire!» lance
par-dessus la haie de noisetiers le waki qui
passait par là. L'autre alors bondit dans l'allée
avec une énergie décuplée par la diète, non sans
trébucher au passage sur la pile de plateaux-repas
entreposés devant sa porte : «Waki, c'est vous!
Quelle aubaine! Vous avez donc tout entendu?
Vous êtes d'accord?» s'enquiert le kyôgen tout
à trac, avec force gestes et haletant. «C'est donc
cela l'art? poursuit-il. Du faux, du factice,
du fabriqué... en un mot de l'artifice?»

Interloqué, le waki fait signe que « oui », « non », « si ».
— Oh vous acquiescez, c'est donc cela ! s'exclame
le kyôgen.
Puis, après un moment : « Mais pour le sentiment,
waki, dites, waki, pour le sentiment ?... »
Celui-ci, sur un ton évasif et avec un léger
mouvement de recul : « Le sentiment... ?
Le sentiment..., cela pourrait bien être *le fond
de l'affaire* en effet...
— Que dites-vous ? Oh il y a quelque chose
là-dessous, je comprends ! Waki, dites, waki,
que savez-vous ? que savez-vous, waki ?...
— *Oh la question embarrassante...*, élude
ce dernier. Accordez-moi un délai, kyôgen,
je vous prie ! »
Et il part tout droit.

:

Ce soir-là, sous son arbre, face au vent violent,
le waki ne décolère pas — *Me courir ainsi
après dans la rue !... Vouloir me faire avouer !
Comment peut-il savoir ? Sait-il seulement ?...*
Jusque tard dans la nuit il est assis, accroupi sur
le sol, pensif, ses bras posés sur ses genoux serrés
contre sa poitrine. Solitude et tristesse.
(Plus tard encore.) Le vent est tombé. Lors, un
cygne sauvage s'envole, ses fortes ailes agitant
la bruyère, et le jeune homme aperçoit, qui
marchent vers lui, Sylvie et Adrienne, Lolotte,
Delphine et Aurélie, ses grandes amies, sans
oublier la belle Laura. Soit toutes celles avec qui,
enfant, il a contracté un mariage, revêtu les habits
de noces empruntés à sa grand-tante et à son
défunt mari.
En un instant elles sont là, ravissantes dans
leur robe claire à volants ; forment une ronde
et chantent autour de lui, *d'une voix fraîche*

*et pénétrante, légèrement voilée, une romance
pleine de mélancolie et d'amour, qui raconte
les malheurs d'une princesse enfermée dans
sa tour par la volonté d'un père qui la punit
d'avoir aimé.*

Le chant prend fin, elles se taisent ; le waki, attendri,
veut saisir les visages, caresser les cheveux,
embrasser les joues. Le bonheur est là, là est
le sentiment. Mais, cela s'entend, les damoiselles,
telles des rêveries, s'évanouissent dans les prés,
sur les pointes des herbes.

Les chibanis

La hantise du chômage. Une peur qui naquit dans
l'Algérie coloniale, ou peut-être même avant.

C'est l'automne. Des feuilles rouges et jaunes
virevoltent au vent naissant. En cette saison,
il n'est pas rare que le waki aperçoive,
se promenant dans la campagne environnante,
l'un ou l'autre de ces hommes appelés aujourd'hui
« chibanis », de vieux travailleurs immigrés.
La famille est restée au pays, et maintenant
il est bien tard.

:

Les chibanis se croisent dans la prairie, échangent
quelques mots. Le waki les observe depuis un
monticule où il est bientôt rejoint par le kyôgen.
M. Younsi, l'un des chibanis, vient les saluer.
Le waki, qui a remarqué depuis quelque temps
l'absence de M. Cheikh, interroge M. Younsi.
« M. Cheikh est parti soigner sa femme malade
et nourrir sa fille sourde, muette et handicapée
moteur » lui apprend ce dernier. « M. Cheikh
est parti mais il revient, ô waki. Il a été vu en
cet endroit » entendent-ils prononcer tout
aussitôt. CHAHIRA MAITAL est apparue dans le soleil
couchant.
Chahira est responsable de « Certaine Résidence »,
non loin d'ici, où les immigrés des années
soixante et soixante-dix passent leur retraite.
Chahira est surnommée « la Resplendissante » par
les pensionnaires. Chaleur et présence humaine.
Rires, sourires. Le kyôgen est sous le charme.
Puis Chahira change de couleur, s'assombrit, et,
les yeux pleins de larmes : « M. Cheikh est parti

s'occuper de ses proches en Algérie et
il y est resté plus de six mois, c'est-à-dire plus
longtemps que la France n'y autorise ses vieux
travailleurs. Quand il est revenu, l'administration
lui a demandé de rembourser les allocations et
indemnités qu'elle lui avait versées au cours des
trois dernières années. La demande de grâce a été
refusée, il n'avait plus rien, il a dû repartir...
— Ô femme, quel récit édifiant vous faites-nous !
Cet homme a tout bonnement été chassé...
Cruelle France, ah quelle cruauté ! s'exclame
le kyôgen, indigné. (« Quelle femme, ah quelle
femme ! » confiera-t-il plus tard au waki quand
ils se retrouveront seuls.)
— Il a été chassé de ces terres alors qu'il y a vécu
bien plus longtemps que dans son pays d'origine,
reprend Chahira. C'est pourquoi son esprit
revient régulièrement hanter ces lieux...
(son cœur s'obstine, son cœur est double, *triste
est sa condition*)
Il s'est déjà manifesté à plusieurs d'entre nous
depuis la *quinzième nuit de la huitième lune*,
cette fameuse nuit où il a été aperçu pour la
première fois dans la prairie. Il porte toujours
un petit sac de dattes – M. Cheikh ne manquait
jamais d'en rapporter de ses voyages à Alger –, et,
sous son autre bras, replié, un morceau de bois
noir. Ce bout de bois, que signifie, ô waki ?...
— Un morceau de bois... ? Ainsi que vous semblez
le soupçonner, gente dame, il ne s'agit pas d'un
simple morceau de bois. Bien plutôt d'un *bois
flottant*, de ceux qui permettent de traverser
les mers. Ainsi, tel est le sort de M. Cheikh,
lamentable ! »
À ces mots les visages se ferment, tous gardent
le silence, pleins d'affliction.
Enfin waki et kyôgen prennent congé de leurs
nouveaux amis, promettant de se revoir bientôt.

Tandis qu'ils redescendent la colline, le kyôgen
dit vouloir construire une chaumière de bambou
pour M. Cheikh, afin que celui-ci puisse se
prémunir des froides nuits à venir.

Le waki est songeur. Puis, *vers le bas de la descente*,
subitement lyrique : « Savez-vous, gentil homme,
il est un proverbe qui dit : *"Je reviens au pays
natal, vêtu de brocart."* Or donc, ce n'est pas
une maison, mais une embarcation que nous
allons offrir à cet homme qui habite aujourd'hui
les mers. Et pas un petit rafiot : à ce monsieur
il faut une Barque sacrée, emplie de trésors
inépuisables, ou mieux, une *Céleste-Barque-ailée*,
afin de fendre les cieux comme les eaux !
Il pourra ainsi partir et revenir aussi souvent
qu'il le désirera… Qu'en pensez-vous, kyôgen ? »
Celui-ci, d'émotion, se jette aux pieds du waki,
prend ses genoux pour les baiser, se répand en
louanges. L'autre le relève en riant, lui assure qu'il
n'a fait que se souvenir d'une poésie très ancienne.

:

Ils le trouvèrent aux portes de la ville, à la fin de
l'automne. Silhouette incertaine d'un homme
grand et carré à la chevelure frisée regardant
vers le large, son petit sac de dattes et son bout
de bois serrés contre lui.

Ils le menèrent au port, gagnèrent la jetée où la
Barque enchanteresse était amarrée. Amis et
connaissances s'étaient donné rendez-vous pour
lui dire au revoir. Des badauds s'étaient mêlés
au groupe. Ensemble ils agitèrent la longue bande
d'étoffe de soie colorée qu'avait déroulée peu
avant entre leurs mains le kyôgen.

L'apparence de M. Cheikh était visible seulement
aux yeux de ceux qui avaient souffert, mais, que
les gens le voient ou non, beaucoup pleuraient.

Il s'embarqua, le navire appareilla. Il se pencha en avant pour saluer la foule restée à quai et demeura ainsi, le haut du corps légèrement incliné, jusqu'à ce que la Barque eut touché l'horizon.

La sœur artiste

La kyôgenne avait une sœur malade. Elle-même
pouvait se sentir en colère parfois, mais sa jeune
sœur connaissait de graves troubles mentaux.
La kyôgenne, venue apporter à boire au waki,
un âpre vin de montagne, avait entendu l'oiseau
chanter et s'était mise à raconter.
Ses parents – leurs parents – étaient morts dans
un éboulement ; ils rentraient de leurs travaux
des champs par un sentier à flanc de montagne
lorsqu'une partie de la falaise s'était brusquement
effondrée sur eux, les emportant dans ce
glissement et les ensevelissant sous les pierres.
Ils laissaient trois fillettes et deux garçonnets,
dont la garde respective fut confiée à des parents
proches.
Le couple qui recueillit les petites filles, dont
l'homme était l'oncle paternel, était déjà âgé
quand celles-ci arrivèrent dans leur foyer.
Le vieux et la vieille n'avaient jamais eu d'enfant
et s'étaient construit un monde d'habitudes qui
ne souffrait pas d'être dérangé.
Ils aimaient sincèrement ces enfants,
les plaignaient dans leur malheur, mais très vite
ils s'irritèrent du bruit et du mouvement qui les
accompagnaient sans cesse. Il leur fallut moins
de temps encore pour éprouver une hostilité
à l'égard de ces ventres affamés, eux qui étaient
déjà très pauvres. En ces contrées éloignées de
la mer, la terre, aride et pierreuse, ne donnait pas
et les bêtes, faméliques, ne vivaient pas longtemps.
Aussi un climat de suspicion s'installa-t-il bientôt
dans les esprits, le couple se défiant toujours plus
de sa progéniture d'adoption. En grandissant les
filles furent soumises à d'incessantes brimades
de la part de la mégère, son époux se murant dans

le silence *(ils formaient ensemble une étrange combinaison d'intrusion et d'inaccessibilité).*
Elles vivaient dans la crainte et avaient appris à faire profil bas.

La kyôgenne, qui était l'aînée des trois filles, en conçut un chagrin, chagrin qui s'installa en elle durablement.

La cadette, la plus vulnérable, manqua quant à elle en son adolescence de force intérieure. Un événement marqua la désagrégation de sa personnalité. Elle avait entrepris à l'insu de ses parents adoptifs de sculpter un dragon dans la pierre, sur le modèle du dragon chinois d'une certaine dynastie, créature serpentine dotée, outre ses doigts griffus, ailes ramifiées et yeux de démon, d'une queue en spirale, d'un nez de lion et surtout de canines développées.

Un dragon qui en marchant sur les nuages fait tomber la pluie.

Sa figure achevée, la petite l'installa fièrement au cœur du logis, au-dessus de l'âtre, ce qui ne manqua pas d'effrayer les vieux ; dans les dents du monstre ceux-ci virent, plus qu'un bénéfice attendu pour leurs récoltes, une source de catastrophes. Ils maudirent la fillette, la couvrirent tant et plus de leur hargne.

Elle resta tapie tout le reste du jour dans une encoignure, puis dans la nuit de lune qui suivit elle s'enfuit *(Ah! l'affreuse nuit!).* Revint au matin la tête dodelinante. Elle se bouchait les oreilles de ses poings, se plaignant d'entendre continuellement le son d'une corne de brume, et fixait le sol d'un œil lugubre. Ses sœurs éclatèrent en sanglots.
C'en était plus que ne pouvaient supporter les vieillards *(C'est assez! c'est assez!)* : ils les chassèrent toutes trois d'un coup d'un seul, refermèrent la porte sur elles après leur avoir jeté à la figure souliers de bois et manteaux de paille.

:

Les pauvrettes marchèrent longtemps par les monts
et les bois avant de trouver refuge, transies,
dans une hutte de bambou. C'était durant les
gelées, *à la morte saison*. Les gens des environs
les nourrirent de petites miches, puis une grive
un jour leur montra le chemin d'une *bonne ville*.
Là, la jeune kyôgenne trouva à s'employer chez
un aimable boutiquier, qui offrit l'hospitalité à la
fratrie recomposée – les garçons les rejoignant
bientôt –, servant à ces enfants quotidiennement
grosses soupes et flans. Recommandée par cet
homme bon, elle apprit par la suite le métier
de charpentière.

:

« Qu'advint-il de votre sœur cadette, celle qui fut
victime d'un épisode de confusion mentale ? »
s'enquiert le waki qui a écouté avec le plus
vif intérêt et sans l'interrompre le récit de sa
visiteuse.
— Yɪ (Lɪ) est devenue artiste ! lui répond la
kyôgenne, ajoutant : Elle n'a presque plus rien
de morbide (elle-même n'était plus morbide).
— Ah ! Et sculpte-t-elle toujours des dragons ?
— Nenni. Yi s'intéresse aujourd'hui aux machines ;
ça a commencé avec un ordinateur découvert au
fin fond d'une échoppe qu'elle a reproduit à l'aide
de feuilles de papier. Des feuilles soigneusement
pliées et rassemblées sous la forme d'une pile.
C'était très beau, très simple et très fragile…
— *Que c'est curieux ! Que c'est curieux !* Votre sœur
doit être très habile…
— Yi est très habile ! Elle vit dans la ville d'à côté ;
elle a acheté un atelier où elle peint, sur de
petits panneaux de bois d'un format vertical,

des objectifs photo vus de face, différents
types d'objectifs provenant de chambres
photographiques.

Le motif, dans des tons brun et noir, est finement
dessiné à la peinture à l'huile ; c'est son image
exacte, comme décalquée, qui se détache d'un
fond sans apprêt. Tenez, en voici un exemple
miniature. (La kyôgenne tire de sa manche une
plaquette, reliée par un ruban au vêtement.)

— Montrez-moi, amie, dit le waki, examinant l'objet
avec attention. Puis : *Extrêmement curieux !...*
Et celui-ci de se livrer sur-le-champ à une analyse
d'œuvre : « L'objectif, cette partie de l'appareil qui
laisse entrer la lumière... L'image de l'objectif...
Une image nette, plate, n'était ce mince reflet
dans la lentille – le résultat est sec comme
un dessin au trait et humide comme l'œil ! »
(Elle sourit.)

... Mais qu'est-ce au juste, kyôgenne ? Est-ce
une icône ? une Vanité ? Est-ce une allégorie
de la Vision ? une allégorie de l'Art ?
de la Peinture ? de la Photographie ?

— C'est cela même, waki, tout cela ! Les gens
raffolent de ces petites planches et l'on vient
de très loin pour lui en commander, parfois en lui
apportant un vieux modèle de type Rolleiflex.
(Puis, un ton plus bas :) — Yi travaille beaucoup,
trois fois le jour et trois fois la nuit, mais par
moments son esprit s'égare. Lorsque le tableautin
est achevé et bien sec, elle le recouvre de *papier
verni* et le tient prêt dans un coin de son atelier.
Mais si, par malheur, le commanditaire tarde
à venir chercher son dû, ou, à l'inverse, s'il se
montre trop pressé et arrive avant l'heure dite,
elle est prise d'un accès de rage et de folie.
Ses cheveux se dressent sur sa tête, poussent
droit vers le ciel, sa face devient froide, sa bouche
pâlit, ses yeux sont comme morts. Elle renvoie

fissa l'étourdi, brise les derniers panneaux
peints à coups de hache, en jette les morceaux
par la fenêtre tendue de *papier cristal*, ça crisse
et ça craque *(c'est horrible!)* et, quand tout est
en miettes, vite, ses *planchettes aux pieds*,
elle court sur les chemins.

— *Ohlà!*

— *Qu'il vente, grêle, gèle*, elle est emportée vers
le marais, ses rivages, son brouillard. Possédée
par le désir d'errer (là-bas, en cet endroit qui
n'est *ni mer ni terre sèche*). Là, *le soir, elle
marche dans une nuée*, les limites s'estompent.
Heureusement les planches l'empêchent
de s'enfoncer dans ces sols mous, spongieux.
Elle revient généralement avant l'aube, les nerfs
calmés… mais si misérable!

— *Quelle pitié!*

:

Ému, le waki résolut d'aider Yi à sortir du marais.
Il n'en eut pas le loisir. Ce même jour un crabe
visita Yi à *la mi-nuit*, parvint tout près de son
oreille tandis qu'elle dormait.

L'animal suggéra à la belle endormie d'accrocher
un certain panneau, juste sec de la veille, dans le
pavillon de thé, soit l'alcôve donnant sur le jardin
(un jardin de dimensions modestes, à la mesure
de son habitation). Mais avant de le suspendre,
celle-ci devait le tourner et le retourner
doucement dans ses mains.

À son réveil, peu avant le lever du soleil, Yi peigna
sa noire chevelure et dessina ses beaux sourcils
devant un petit miroir rond. Toute à sa toilette,
elle se souvint des conseils entendus durant
son sommeil.

Et s'exécuta. Elle alla chercher le tableau,
le déballa, le contempla longuement.

L'esprit apaisé et le cœur rafraîchi, elle le pend alors dans le renfoncement ténébreux du pavillon, à hauteur d'œil. Sitôt fait, *magie!* Le matin brille! La lumière, soudain captée à travers la cloison mobile tendue de papier blanc épais, vient moduler l'ombre *(la surface du papier se met à émettre un rayonnement doux et mystérieux).* La pénombre s'anime des lueurs dorées d'un jardin devenu entre-temps délicieux: arbres chargés de fruits et multitude de ruisseaux, *fleurs de toutes couleurs* qu'agite une brise printanière. La jeune femme elle-même est *parée de l'éclat* lorsque se présente son visiteur. Un homme silencieux au regard intelligent. Il vient chercher le tableau. Elle le reçoit avec des paroles qui ne laissent plus rien paraître de sa lutte anxieuse des temps passés.

Le philosophe fou

Un matin d'hiver un homme jeune fait irruption dans le champ de vision du waki, assis sous son arbre ; il se poste devant lui. Il vient de traverser à grandes enjambées la prairie, déserte à ce moment de la journée. Pourtant il ne paraît pas essoufflé, il sourit, bouche vermeille, ses dents formant *une étroite ligne blanche* ; il est porté par une grande idée.

Le waki ne semble pas s'être aperçu de la présence de son visiteur ; on pourrait le croire devenu subitement sourd et aveugle.

L'homme ne se démonte pas, il est un enthousiaste. « Tel que me voici, je suis GEOFFROY DE LAGASNERIE, philosophe et sociologue. » *Comment penser dans un monde mauvais ? Comment doit-on penser étant donné que l'activité de pensée se déroule dans un monde de violences, d'injustices et d'oppressions ?*

Le waki ne cille pas. « Pourquoi vous ne me regardez pas ? » l'interpelle le philosophe, d'une voix trahissant un signe d'impatience. « Savez-vous, *très souvent on a tendance à penser que la question de l'économie est la question centrale, mais moi je pense que la question policière est la question centrale. L'État nous contrôle, l'État nous réprime, l'État nous fait la guerre !* »

Le waki pose sur lui un regard fixe et froid.

« Voilà qui est fâcheux ! Mais qui est ce "nous", monsieur ?

— Mais voyons, "nous", ce sont Nous Autres, les dominés : les ouvriers, les chômeurs, les paysans, les précaires, les Noirs, les musulmans, les juifs, les gays et lesbiennes, les sans-papiers… »

Un chant de flûtes retentit au loin.

Le kyôgen intrigué s'est approché.

« Ainsi donc ces ouvriers, chômeurs, paysans, précaires, Noirs, musulmans, juifs, gays, lesbiennes et sans-papiers, tous autant que vous êtes, avez à subir une même violence ? questionne le waki.

— Tous ont à subir une même violence, absolument. Tous nous souffrons d'être soumis aux institutions nationales, à l'ordre du droit, à la Loi. »

(« J'ai entendu ça de plein de gens » dit le kyôgen pour lui seul.)

Le philosophe s'échauffe :

— Tous nous souffrons *alors que nous n'avons pas choisi de naître à telle date et dans tel pays ! Sans que l'on m'ait demandé mon avis, sans que j'aie formellement ou contractuellement exprimé ma volonté, je suis de fait inscrit dans l'État comme sujet et citoyen.* C'est insupportable...

Le kyôgen plisse les paupières. Le waki, dans un sourire poli :

— Comment rendre le monde un peu moins violent, un peu moins mauvais, monsieur ? Quel est le remède ?

Le visiteur, alors :

— Vous n'avez donc pas lu *L'Art de la révolte* ? Dans ce livre j'écris qu'*Internet est susceptible d'instaurer une rupture par rapport à l'emprise qu'exercent sur nous les cadres imposés de la socialisation (l'école, le quartier, la classe sociale, la famille et, bien sûr, la Nation). Autour d'intérêts politiques, musicaux, sexuels, ludiques, etc., se forment sur Internet des communautés de discussion, de dispute, au sein desquelles les individus peuvent partager plus de choses qu'avec celles et ceux que l'espace physique ou juridique les contraint à fréquenter : famille, amis, collègues, camarades...*

(Le kyôgen suffoque.)

On devrait avoir le droit de choisir ses mondes... ou d'en changer ! conclut-il.

— Or çà! «Choisir ses mondes»! «en changer»!
Mais quoi d'autre, quoi d'autre? Si je n'avais
pas déjeuné ce matin de tranches d'hippopotame
mort, je vous mangerais!» s'écrie le kyôgen, *pris
d'une rage totale.* Puis, *« Tiens j'ai faim »*, il se
jette sur les mollets du jeune homme, tétanisé, et :
«Ah! je vais aiguiser mes dents, viens çà!...»
Le waki retient comme il peut son ami, l'enserre
de ses deux bras à la taille, le tient fermement ;
l'autre, devenu tout rouge, quitte prestement
la place, pestant contre le *« sot homme! »*.

« Qu'ai-je fait pour mériter ça… » se lamentait
   doucement la femme dont la mère, l'époux, les
   quatre fils et les trois filles avaient péri de façon
   simultanée dans divers accidents (choc septique
   par suite d'une intoxication alimentaire, noyade,
   morsure de cobra à lunettes, chute mortelle dans
   un ravin, percussion par un train, épiglottite,
   mort subite du nourrisson…).
   La femme en eut la maladie du « cœur brisé ».
   Elle s'en remit, mais bientôt *la douleur envahit*
   tous ses membres. Tantôt elle ressentait vivement
   le froid, tantôt elle éprouvait une sensation
   de brûlure sur tout le corps.

La malheureuse quitta sa demeure devenue trop
   grande pour elle et retourna vivre dans une
   bicoque faite de parpaings, de terre et de pierres,
   au milieu d'un *paysage de rocaille à peine troublé*
   par quelques chèvres.
En cet endroit elle avait passé jadis son enfance,
   miséreuse, en compagnie de sa mère veuve et
   invalide, jusqu'à être en âge de partir à la ville.
   À la ville elle trouva un travail à la filature et
   fit venir sa mère. Bientôt le fils du directeur
   de l'entreprise la remarquait, les jeunes gens
   s'éprenaient l'un de l'autre. Le jour de son
   mariage elle crut en des lendemains meilleurs,
   mais le soir même, alors que le village entier
   était réuni pour fêter l'événement, une fillette
   fut enlevée et assassinée au couteau.
Malgré ce drame inaugural, le jeune couple
   emménagea dans une maison de maître et
   eut de belles années. Un dimanche cependant
   un phénomène étrange se produisit : des
   champignons, type moisissures, furent découverts

sur les murs, le sol et les meubles, et leur
prolifération devint incontrôlée en quelques
heures.

Le lundi tout rentra dans l'ordre, mais la crainte
s'était immiscée dans le cœur de la femme et ne
la quitta plus. Devenue mère, elle avait toujours
peur qu'il n'arrive quelque chose à ses enfants.
Elle vivait dans la hantise de la catastrophe,
redoutant toutes sortes de calamités. Elle guettait
le moindre bruit suspect, croyant entendre
des cris de détresse là où les petits chantaient,
prenant leurs rires pour des sanglots. Jusqu'à ce
que malheurs arrivent.

:

Huit mois et demi après les événements, cette série
d'accidents mortels, le jour qui se lève est *un jour
sans lumière.*
En plein midi, saisis d'une inquiétude, le kyôgen,
la kyôgenne et le waki, chacun occupé en un
point différent de l'espace, qui dans les champs,
qui en ville, lèvent les yeux et voient, dans un *ciel
ravaudé de gris*, l'image même de l'accablement,
une vieille courbée en deux marchant sur eux.
Imprécise apparue, ils la reconnaissent pourtant ;
son histoire est parvenue par ouï-dire à la
connaissance de tous les habitants du vallon.
Le kyôgen et la kyôgenne aussitôt courent
préparer un bagage puis retrouvent le waki
au pont, d'où tous trois prennent le chemin
de la vision.
L'infortunée est restée muette mais ils ont entendu
son appel. Ils espèrent trouver pour elle *les mots
du réconfort.*

:

En moins de cinq minutes le trio a atteint l'autre versant de la montagne, d'où ils la voient. Elle se tient en contrebas, non loin de sa masure, sous un arbre, *son écuellée d'eau* à portée de main. C'est un arbre creux ; accroché à l'une des branches, un cacatoès noir, muni d'une baguette de bois dur. L'instant d'après, l'oiseau frappe de son instrument le bord de la cavité : il annonce l'arrivée des gentils compagnons. Le rythme s'accélère, le son s'amplifie à leur approche. Enfin ils la rejoignent.

La femme céleste gît face contre terre, le corps recroquevillé. Son état a *brusquement empiré*. Les voyageurs déposent à ses pieds des biscuits, des pommes et du raisin, très long et sans pépin. L'agonisante est vêtue de sacs de toile rêche semblant cousus à même la peau ; son état suscite la plus grande pitié *(sa chair se consume à vue d'œil)*.
Ils *s'assoient avec elle par terre*, hochent la tête. Ils sont tristes, laissent couler leurs larmes. L'eau humecte la terre sèche. Ce voyant, elle, lentement de ses deux mains entoure son visage, le soulève et le soutient telle une offrande. Or son regard peu plaintif accueille les visiteurs, un sourire découvre en partie ses dents. Eux la considèrent attentivement, sans un geste ni une parole.
Cette *bouche souffrante* s'anime. Dans un souffle étroit elle dit : «*Soyez bien venus*. Voici, je ne veux pas de funérailles molles.»
Le premier instant de surprise passé, ils lui promettent d'une seule et même voix une cérémonie «pleine de faste», «éléphantesque». Son sourire s'élargit : «*C'est trop d'obligeance !*» Puis, *index osseux* en l'air : «*Je vais donc pisser mon malheur...*»

Déjà la kyôgenne est debout, saisit la femme par
dessous les aisselles et la conduit aux lieux
d'aisance. Elle retire ensuite délicatement l'habit
écru et frictionne ce pauvre corps à l'aide de
l'onguent magique : un peu de sa vigueur lui est
rendu en même temps que la peau se nettoie.
Revêtue d'une *robe libre*, la femme déjeune bien
convenablement avec ses hôtes. Le kyôgen et le
waki ont préparé un festin délicieux.

:

Alertés par le cacatoès, les habitants des environs
ont commencé d'arriver, les bras chargés
de victuailles, pain souple ou vin de dattes,
et, en rang, deux par deux, s'avancent *tout
risettes et courbettes*. Mais parvenu jusqu'à elle
chacun d'eux imperceptiblement se redresse et
fait face à celle qui un jour a été si brutalement
confrontée à la mort.
Ils viennent maintenant de la campagne lointaine,
de toutes parts rallient la procession, et pendant
six bonnes heures ils défilent, ils sont des
dizaines, des centaines, des mille : la femme est
consolée par ce long, très long *tissu mouvant*.
Elle est installée au pied de l'arbre, le dos appuyé
contre des coussins, la nuque calée entre des
oreillers ; elle étreint de ses bras ceux qui se sont
déplacés, donne un baiser à chacun *(c'était un
bon et noble esprit)*... et dans l'arbre creux après
leur passage à tous *lâche un vent*. Cela claque et
résonne dans toute la vallée. Signe qu'il est temps
de festoyer.
Tandis que l'obscurité recouvre le paysage pierreux,
les convives vont pêle-mêle boire, manger et
danser jusqu'à tard dans la nuit. La femme quant
à elle contemple la lune, un œil sur les réserves
de nourriture entreposées dans la cabane

et destinées au ravitaillement de ceux qui l'accompagneront pendant les quarante-neuf jours de la durée du deuil, avant la mise en terre des cendres.

Tout près, alors que ses trois amis se sont endormis, le cacatoès s'active, il façonne une paire de baguettes, l'une en bois, l'autre en bambou : ces ustensiles serviront lors de la cérémonie funèbre ; les participants, à l'issue de l'épreuve du feu, déposeront un à un les os de la défunte dans l'urne prévue à cet effet.

Elle connaît la paix.

Et c'est le spectacle de l'aube. La pluie s'écoule finement depuis la rigole creusée dans les nuages et emmène avec elle les premiers rayons du soleil, l'eau et la lumière en un flot confondues.

Elle connaît alors la félicité. Vers le milieu du jour enfin elle s'éteint, *gracieux corps desséché dont les mains se tendent encore*

Lili la centaure et l'essentialisme

LILI REYNAUD-DEWAR, artiste, veut se libérer de
l'essentialisme. Par « essentialisme » elle entend
« patriarcat » et « racisme ». *Je ne crois pas à
l'essence d'une culture, d'un genre ou d'une
identité, toutes ces assignations biologiques et
culturelles imposées au corps et à la sexualité.*
Ce qui l'intéresse, c'est de faire exploser
les catégories, d'affirmer la transformation
permanente des identités, peut-on lire dans
le journal local qui a annoncé une série de
présentations itinérantes de sa performance
intitulée « Dents, gencives, machines, futur,
société ».

:

Le waki est allé voir l'artiste et sa troupe se produire
en plein air, au sortir du village, sur l'esplanade
où une scène a été dressée pour l'occasion.
Les performeurs, au nombre de quatre, sont
musclés et arborent une dentition chromée,
des « grillz », ces bijoux en vogue chez les
rappeurs. Ce sont des comédiens de stand-up qui
viennent de Memphis (Tennessee). Ils improvisent
sur les différents thèmes déclinés dans le titre.
Ils disent : *« On ne peut pas juste disparaître [...]
Je suis jaloux de ça ! Pouvoir disparaître puis
réapparaître dans un autre endroit [...] Dans
un monde où le cyborg veut une vie meilleure... »*

Dans le même temps une comédienne perchée sur
un tabouret gigantesque récite, sur fond de *noise
music*, des extraits d'un *Manifeste Cyborg* rédigé
trois décennies auparavant par une féministe
américaine.

On la comprend mal, les phrases sont confuses,
sauf quand elle scande : « *J'aime mieux être
cyborg que déesse !* »
Entre ces déclamations, Lili Reynaud danse,
grimée en Joséphine Baker, nue, son corps agile
et vigoureux peint en gris argent.

La kyôgenne et ses filles occupent le premier rang
des spectateurs assis en demi-cercles
concentriques sur des coussins posés à même
le gazon. À l'issue de la représentation, seul
demeure sur scène le musicien, debout devant sa
table de mixage, dans l'attente d'un rappel. Les
jeunes filles s'avouent déçues ; elles auraient aimé
entendre davantage les rappeurs – elles étaient
venues pour eux. Leur mère rassemble ses
effets : « Ça manque de liant » dit-elle au waki
qui s'approche pour les saluer. « Quelle sottise
ce Manifeste ! » réplique celui-ci.

La troupe n'a pas reparu quand CLAUDINE TIERCELIN
entre en scène – elle a emprunté un petit escalier
latéral accédant au plateau.
Claudine Tiercelin foule de ses santiags le
plancher de bois brut, fait face au public, relève
l'un des pans de sa jupe longue avant de lâcher *un
quart de litre de jus de tabac dans un crachoir*
fixé à mi-cuisse ; s'assied après ça au bord de
l'estrade, jambes ballantes. Remarque un éclat de
grillz parmi les poussières et détritus qui jonchent
le sol (allusion à la grève des éboueurs en 1968
à Memphis). Considère un instant le débris avant
de l'envoyer valser dans le pré voisin.

Claudine Tiercelin a les cheveux jaunes, le nez
court et pointu, un bon visage. « Telle que me
voici, je suis philosophe. Et même, je suis
métaphysicienne. J'entends la métaphysique non

comme reconnaissance de vérités éternelles, mais comme enquête sur "ce qu'il y a".» *(Un mélange de fermeté et de chaleur émane de sa personne.)*

«*Les "arguments" racistes ou sexistes* sont nuls et non avenus, rappelle en préambule la philosophe, devant des spectateurs qui après une seconde d'hésitation se rassoient.
Les membres de l'espèce Homo Sapiens descendent d'un petit groupe d'individus génétiquement assez homogène. Nous nous ressemblons tous beaucoup plus que nous ne différons les uns des autres, et les différences génétiques qui séparent hommes et femmes sont infimes quand on les rapporte aux similarités ; il n'existe, à ce jour, aucune preuve qui établit que les différences sexuelles aient des implications psychologiques.
En clair, il n'y a pas une essence pour les hommes, une essence pour les femmes, une pour les Noirs, une autre pour les Blancs, etc.»
(Chacun dans l'assistance opine du chef. Femmes et hommes applaudissent, se congratulent mutuellement.)
Sauf que Claudine Tiercelin plaide pour l'essentialisme – un essentialisme qu'elle qualifie de « mince », de « non épais ».
(Le musicien s'éclipse. L'auditoire ouvre des yeux ronds. La philosophe explique :)
«*La réalité se définit essentiellement en termes de "propriétés dispositionnelles" et de "pouvoirs causaux", faute de quoi nous ne pourrions rêver d'avoir le moindre accès cognitif aux choses.*
Une "propriété" est par exemple : avoir une forme de couteau.
Une chose est un ensemble de "propriétés dispositionnelles" : avoir une forme de couteau, être en acier…

*Mais la réalité n'est pas constituée de choses
qui seraient toutes dispositionnelles. Elle se
définit aussi en termes de "pouvoirs causaux":
le soleil peut faire fondre la cire.
La manifestation de ces propriétés se produit
réciproquement à travers des interactions
mutuelles : si le sel doit manifester sa solubilité
dans l'eau, l'eau doit de même manifester son
pouvoir de réagir pour que le sel se dissolve.
Comment tous ces pouvoirs peuvent-ils tenir
ensemble et assurer une unité synthétique
de la chose qui en est le porteur ?
C'est ici qu'intervient l'essentialisme. Mais pas
n'importe lequel... »*

L'attention est palpable. *On attend la suite :*
Claudine Tiercelin se tait. Elle fixe un point
par-delà les têtes des spectateurs, ayant repéré
quelque chose d'insolite sur sa droite. Le
public se fige. Soudain un hennissement aigu ;
un frisson parcourt l'assistance. Le théâtre,
oh prodige, s'est déporté à 45° de la scène,
côté prairie. *Là (c'est trop pour le croire),*
à l'endroit où la brisure (l'éclat de grillz)
s'est fichée, *les mottes de terre commencent
à bouger.*
Sous l'œil ébahi des villageois comme de la
philosophe, *des formes surgissent*, pointes
métalliques, têtes humaines casquées de cônes,
épaules, poitrines, bras armés de lances étranges
– tels des copeaux géants – avant que ne
s'extraient de la tranchée, dans le prolongement
des flancs et des dos, les corps puissants et froids
de chevales et chevaux de platine bondissant sur
l'herbe verte, frappant le sol de leurs *sabots de fer.*
Sept créatures fabuleuses aux *crinières de plomb*
naissent ainsi d'un coup de la terre fendue.
Piaffent, se cabrent, leurs bustes surmontés

des visages fermés, sérieux, *terriblement sérieux*,
des cavaliers. Ceux-ci lèvent un bras : agités par
la brise, les serpentins de chrome cliquettent
et tourbillonnent tandis que les corps animaux
s'entrechoquent. Enfin, dans un bruit de métal
froissé, l'équipée s'élance en un galop heurté
à travers la plaine. Là, sous une lumière rasante,
la robe de la centaure Lili, petit point déjà, brille
de feux argent.

:

« Alors quoi, comme ça, une super métaphysicienne
monte soudain sur scène, des artistes se
métamorphosent, une troupe mi-hommes
mi-bêtes sort de terre et caracole dans les airs,
tout cela à ma porte, et personne ne court me
chercher ! Personne ne songe à me prévenir ! »
Le kyôgen, mis au courant des événements, est
vexé et furieux d'avoir raté le spectacle. La veille,
terrorisé à l'idée d'être confronté aux identités
mouvantes et changeantes qui figuraient
au programme de la soirée, il a invoqué une
migraine pour pouvoir décliner l'invitation de
sa femme.
— Aucune de ces créatures ne s'est envolée, rectifie
la kyôgenne, elles se sont seulement évaporées
dans l'atmosphère. Et puis n'étais-tu pas alité hier,
n'étais-tu pas souffrant ?
— Si, si, j'étais malade, mais l'essentialisme !
l'essentialisme, ma mie… ! (levant les yeux au ciel
et se battant les flancs)
La kyôgenne hausse les épaules, se détourne ;
le kyôgen s'enferme dans son studiolo. S'empare
du sujet en ces termes : l'art a-t-il une essence et
si oui quelle est-elle ? Car le kyôgen, rappelons-le,
veut savoir ce qu'est l'art. Il veut savoir ce qu'est
l'art *quoi qu'il soit.*

Près d'une lune plus tard, les artistes n'ont pas
repris pied sur Terre, Claudine Tiercelin a reporté
à une date indéterminée les développements
de sa leçon, et le kyôgen est *couché, étendu sur*
le divan, la tête enveloppée dans une serviette
quand le waki, inquiet de la santé de son ami,
frappe à sa porte.
À peine si le kyôgen salue son visiteur, décollant
la tête de quelques centimètres de sa couche.
Il a l'air très fatigué. La nuque est raide, le teint
livide. Lourd et mou, il bouge avec difficulté.
Dans un effort il parvient à prononcer : « "L'Art
c'est l'Art, et la Vie c'est la Vie". C'est Ad Reinhardt
qui l'a dit, Ad Reinhardt : artiste essentialiste,
s'il en est !… »
Et de citer d'une voix monocorde, presque
mécanique, le maître de la peinture noire :
« *Pas de lignes ou d'images, pas de figures*
ou de compositions ou de représentations, pas
de visions ou de sensations ou d'impulsions, pas
de symboles ou d'empâtement, pas de colorations
ou d'illustrations, pas de plaisirs ou de peines,
pas d'accidents ou de ready-made, pas de choses,
pas d'idées, pas de relations, pas d'attributs,
pas de qualités – rien qui ne soit de l'essence. »
(Puis, dans un sursaut :) — N'est-ce pas
excessivement beau, waki ? N'est-ce pas
supérieurement admirable ?
— C'est très beau, convient l'autre. Admirable.
— Admirable, approuve le kyôgen.
— Mais…
— Mais ?
— Ne serait-ce pas un peu dogmatique ?
— Dogmatique ?
— Dogmatique ; radical, maximaliste, intégriste,
je ne sais… Une penseuse (le waki est gêné)

a pu évoquer récemment, hum, lors d'une petite
conférence improvisée, hum, une autre sorte
d'essentialisme, moins sévère je dirais – ce
qui n'en fait pas pour autant un essentialisme
au rabais... Claudine Tiercelin, c'est son
nom, avance ainsi que telle disposition, ou tel
comportement, ou telle habitude *est de l'essence*
de telle chose.
(Silence. Le kyôgen ne dit mot ni ne bouge.)
— En ce qui concerne l'activité artistique, reprend
prudemment le waki, on peut tenter d'en relever
les habitudes, et se hasarder à dire que *telle*
habitude est de l'essence de l'art. Ainsi on peut
dire que créer des œuvres est une habitude qui
est de l'essence de l'art... »
Le kyôgen pousse *un soupir profond et sonore*.
Un très petit dragon allongé à ses côtés s'éveille.
Il émet un coassement de grenouille enrhumée.
Dans ce cri le kyôgen perçoit les bribes d'un
langage articulé. Prête l'oreille. *« Et maintenant*
qu'est-ce qu'on fait ? » il entend.
Le kyôgen redresse son dos, masse ses genoux,
ses coudes, le sang lui revient.

La quatrième fille des kyôgen, deux fois cinq ans,
est levée ce jour-là avant l'aube. *Vêtue de sa seule
chemise*, elle est sur le perron qui descend au
jardin. *La lune brille très claire*, aussi elle brandit
son éventail, un éventail de type écran dont la
forme se situe entre le carré et le rond. Le visage
ainsi protégé de la clarté de l'astre, elle s'avance
et pose à haute voix la question qu'elle a tracée au
pinceau au revers de son écran à main : « C'est quoi
une "forme de vie" ? »
La fillette n'a pas commencé l'étude de la
philosophie, mais elle a trouvé il y a quelques
jours, dans un cahier oublié par l'une de ses
sœurs aînées sur son pupitre, l'expression
« forme de vie ». En haut de la page était écrit
« L. Wittgenstein ».

:

Dans le jardin l'enfant suit un chemin de graviers
blancs qui la mène aux limites de l'enclos. Arrivée
là elle se retourne, abaisse l'écran et voit, en lieu
et place du jardin familier, de très vieux arbres
et des troncs morts, *racines exposées et branches
nues*, sur un sol couvert de flore. Soit les restes de
la forêt originelle, la forêt primaire. Ses reliques.
Elle regarde, elle écoute, elle hume, relève son
éventail, et, à nouveau, demande : « C'est quoi une
"forme de vie" ? » avant d'incliner l'objet. Alors
une vague déferle, la forêt fait place à l'océan,
la fille évolue maintenant sous l'eau. Autour
d'elle c'est une « soupe » de microplastiques, des
milliards de fragments de plastique se mouvant
dans les courants. Elle peut les observer de très
près et discerner leurs couleurs ; elle peut voir

aussi qu'ils ont été colonisés par les organismes marins. Une dernière fois elle actionne son éventail-écran, l'eau se retire, une dernière fois elle questionne : « C'est quoi une "forme de vie" ? » Et c'est une pluie de fer qui strie le ciel, des *grêlons de rubis* qui s'abattent sur une planète qu'elle ne reconnaît pas comme étant la Terre. Ces différentes images elle *les contemple et les voit dans toute leur beauté*.

« La Source de la Loue »
« Still Creek » [Ruisseau paisible]

Le kyôgen et la kyôgenne, celle-ci venant du jardin,
celui-là du bosquet, se rejoignent sur la grand-
route devant des petits panneaux abandonnés
pêle-mêle en travers de la chaussée. Tous deux
ont été attirés en cet endroit par un bruit de
fracas puis de cavalcade dont ils ne perçoivent
déjà plus que l'écho assourdi.
Sur les panonceaux on peut lire : « Sus à la
matière », « Mort à l'objet », « Réification, sauve
qui peut ! », « Vive l'hypertexte », « Place aux
événements et aux processus », « Pour une ère
post-médium », « Longue vie aux spectres »...
Seul ce dernier écriteau retient plus d'un instant
leur attention, cependant que, la mine perplexe,
les kyôgen dégagent la voie. Ils alignent tous les
panneaux sur le bas-côté, ramassent au passage
quelques papiers de bonbons et libèrent *les
Kleenex des griffes des rosiers*. Et décident *fissa*
d'une excursion à la Source.
La Source, c'est la source de la Loue. Ils filent,
non sans avoir bourré leurs poches de raisins secs
et de *bœuf boucané*.

:

Au-delà de la grand-route se dressent les falaises
qui encadrent la vallée de la Loue. Les kyôgen
empruntent une piste en direction du plateau,
la sente grimpe et sinue dans les bois. Arrivés
sur le haut plateau, ils amorcent la descente
de la gorge par un sentier inaccessible aux rayons
du soleil, raison pour laquelle le sol reste verglacé
même à l'heure méridienne en cette période,
la fin de l'hiver.

L'air est froid, le chemin escarpé et glissant,
et le couple doit s'agripper au garde-corps pour
effectuer la descente. La rampe s'interrompant
brusquement à quelques dizaines de mètres de la
source, les deux se retrouvent à dévaler la pente,
dégringolent jusqu'à rouler l'un sur l'autre. Par
bonheur une plaque rocheuse stoppe leur chute,
au pied de la large cavité d'où l'eau sort.

« Je crois que nous sommes arrivés » fait le kyôgen
devant la rivière jaillissant de la montagne
(la rivière s'élance d'une masse imposante
de rochers).
Il se relève tout cabossé, la kyôgenne est tout
aussi contusionnée. Le bruit de l'eau est fort,
ça gronde sous la voûte, la retombée est puissante
(solide et brutale).
Au centre l'obscurité, le noir. Autour de ce fond
sans fin, la couleur et les formes sont distribuées
avec franchise. La pierre est à la fois claire
et assombrie, l'écume est très blanche. L'image
est plein cadre. À ce spectacle les kyôgen, comme
à chaque fois en ce lieu, restent stupéfaits.
Ils étendent leurs manteaux sur la dalle de roche,
à l'angle opposé des projections d'eau qu'elle
reçoit ; déposent leur pitance sur l'une des étoffes
et s'assoient côte à côte sur l'autre, face à la
grotte. Pour s'abreuver il n'est qu'à s'allonger, une
main en coupelle sous le filet coulant à l'aplomb
du rocher. En effet, sur la surface plane de cette
dalle inclinée quelqu'un a sculpté deux sillons
convergents qui canalisent un peu de cette eau
et la mènent jusqu'à une petite cuvette creusée
tout en bas.
L'un retenant l'autre par les pieds, la posture
néanmoins est risquée et, se penchant par-dessus
bord, le kyôgen suivi de la kyôgenne ont tôt fait de
basculer dans la cuvette de roche: « Oïoï [hou là] ! »

Nul n'est blessé pourtant cette fois et ils sont tout
heureux. Les parois de cette baignoire naturelle
sont polies, *aussi lisses qu'un galet*. Le bain
est tiède.
Or l'eau est grise et savonneuse, l'air nauséabond.
Les kyôgen, troublés, lèvent la tête : juste au-dessus
d'eux une eau saumâtre s'écoule depuis
une bouche, un ouvrage en béton, une conduite
d'évacuation peut-être – un canal souterrain… ?
À cet endroit, une végétation desséchée,
à demi-consumée par le feu. *(C'était le repaire*
du serpent Python.)
Tout autour le silence s'est fait, les kyôgen
sont absorbés dans l'examen de ce trou, les sens
aux aguets. Ils sont comme pétrifiés. Cela dure.
Tristesse les prend.
Tout à coup le monstre, vomissant des tourbillons
de flamme et de fumée, paraît à l'entrée de la
bouche. À cette vue les malheureux sont rejetés
en arrière. Quand *le serpent s'élance de son*
antre, étale ses formes effrayantes, ses griffes,
ses affreuses dents, leur cœur se déchire
de crainte, ils pleurent fort (« *Oa* !, misère
de nous ! »). Mais voici, juste au pied de la roche,
une panthère légère et très agile ; elle s'approche
en douceur, s'interpose, affronte l'horrible
serpent. Les kyôgen alors : « *Îo îo* [hou là là],
il faut partir ! »
Le regard rivé aux deux bêtes, les kyôgen gagnent
les bois et entreprennent la remontée. Le terrain
de ce côté-ci est plus facile. Le terrain de ce côté
est plus facile et la progression serait rapide si le
couple, bizarrement, ne se déplaçait à reculons.
Les pieds peinent à trouver leur chemin quand
la face et le haut du buste restent tournés vers la
scène qui se déroule en contrebas. Chacun ainsi

étrangement tordu, ils gravissent pourtant la colline. Un quart d'heure plus tard ils marchent sur la route, main dans la main, la tête et le corps *en avant*. À leurs pieds, un serpenteau file sur l'asphalte.

Les six filles des kyôgen rentrent un jour de l'école
en compagnie des deux garçons de la famille
voisine (six et quinze ans). Le goûter pris et
les devoirs faits, les filles disposent d'une totale
liberté de mouvement jusqu'à l'heure du souper.
Souvent elles courent jusqu'aux collines proches,
jouent et bavardent gaiement. Mais ce jour-là
elles retrouvent les garçons au pied des remparts,
ruines de la muraille qui entourait jadis la cité.
C'est *la toute fin de l'hiver*. Les jeunes gens
s'abritent du vent entre les murets et *boivent
de l'eau-de-vie au goulot*. Ils sont hilares, rient
des minutes entières.

:

Maintenant qu'ils ont investi le « donjon », ainsi
qu'ils ont dénommé la tourelle, les enfants
s'y rencontrent invariablement chaque soir.
Ils ont confectionné un *balai de brindilles* et
débarrassent le sol des déchets de la veille avant
d'y prendre place. Les filles se font des couettes et
chantent à tue-tête ; les garçons tapent en rythme
sur leurs cuisses et prennent des airs de diablotin.
Or les deux plus jeunes de ces filles et gars font
une nuit le même rêve d'un écureuil volant et
tourbillonnant au-dessus de leur tête. Au réveil
ils respirent plus vite.
Le lendemain soir, devant le petit groupe réuni :
« Le maître est un *homme malade* » dit la fille,
« le maître est un *homme méchant* » dit le garçon.
Les grands posent un regard incrédule sur les
petits, les encouragent à s'exprimer.
La fille commence. « Le maître est laid et triste mais
il est très doué pour raconter les histoires. Depuis

le début de l'année ce sont les aventures d'Ulysse, son voyage, ses exploits. Sa voix nous *emmène dans le pays des rêves*, il nous enchante. Quand on insiste pour qu'il nous raconte une histoire, et puis une autre et une autre, *toute sa physionomie s'éclaire d'un rayon de bonté et de douceur.* » (La petite à ce souvenir s'émerveille.)

Puis : « Il raconte bien, sauf qu'hier sa langue a fourché. Quand il a voulu nous parler d'"Hypsipyle", il a dit "Hypslipsy" et alors quelqu'un a ricané et a dit "pipislip" et tout le monde a rigolé. Le maître a relevé les yeux, son regard était dur et froid. Il n'a rien dit, il a repris son récit. Mais quand il a eu fini il nous a interrogés et sa voix n'était pas comme d'habitude, elle était… doucereuse. » (Chacun écoute et retient son souffle.)

« "Qui peut me dire qui était Ulysse au juste ?" il a demandé, poursuit la fillette. Et tous ensemble nous avons répondu que c'était un héros et que nous l'aimions *plus que tout au monde.* Alors, cinglant : "Saviez-vous, chers petits, qu'Ulysse, ce héros, avait voulu un sacrifice ? Saviez-vous qu'il avait voulu l'égorgement d'une jeune fille innocente ?" "Le saviez-vous, petits chérubins, *cœurs purs…*" il a dit, cynique et haineux. "Un sacrifice offert à un mort…" il a dit encore, et à ce moment-là ses canines étaient bien visibles, pointues, on tremblait de peur. » (L'auditoire frémit.)

La fille se tait, le garçon prend sa suite. « Après, c'était l'heure du yoga. Nous nous sommes assis dans la posture de l'enfant *(sur les talons. Les bras pendent librement de chaque côté du corps. Puis le buste est penché vers l'avant à partir de la taille, jusqu'à poser le front sur le sol)*, le dessous de pied tourné vers le ciel. Alors le maître a retiré ses socques, il s'est avancé vers nous et il a marché sur notre plante de pieds *(pauvres pieds).* » *Oïoï oïoï!* [ho la la la!], s'exclament en chœur frères et sœurs.

D'un coup *la nuit arrive*, une nuit sombre – le ciel est encombré de lourds nuages. Au même moment un *battement d'ailes* fait résonner la tour. « C'est lui, c'est Dracula, c'est le Vampire! Il nous attaque! crient les enfants, terrifiés. Il cherche à entrer par le toit, il n'y a plus de toit! *Aï Aï!* À l'aide! »

Le waki est là dans la seconde : « J'ai entendu des cris… » À l'autre bout, le kyôgen accourt, alarmé. L'oiseau s'enfuit, le calme revient. Les grands, convaincus que les petits sont sous la coupe du comte Dracula, informent les adultes des événements. « Certes *il est des êtres qui sont des vampires*, concède le waki, mais rien ne prouve que nous soyons en présence d'un tel monstre.
— Mais c'est monstrueux que de s'en prendre ainsi à de petits enfants, c'est lâche! objecte le kyôgen, ulcéré. J'avais bien remarqué qu'il était taciturne et fuyant, ce professeur, mais de là à se conduire de la sorte! Attrapons-le et torturons-le! Pas de pitié pour les lâches! »
Le waki les arrête : « Attendez, attendez un peu! Évidemment, vous avez bien raison de vous fâcher! Le maître d'école s'est rendu coupable en tourmentant les enfants ; il a voulu, d'une façon grossière, *pénétrer dans leur âme*, puis il les a mis au supplice. Mais accordez-moi seulement vingt-quatre heures, car il est non moins évident que le maître est une personne malheureuse… » plaide-t-il, faisant barrage de son corps à la petite troupe.
— Holà waki, qu'avez-vous ? N'êtes-vous pas en train de compatir avec ce rustre, cette brute, cet être malfaisant, cette créature maléfique, immonde ?

— Le maître est contaminé ! lâche alors le waki, acculé. Ce disant il tourne les talons, mettant là à profit l'effet de surprise que le mot produit sur les esprits.

:

Il m'a toujours semblé que son principal trait de caractère, c'était la jalousie, se dit à lui-même le waki, songeant à l'instituteur et parcourant à grands pas la distance qui le sépare de son logis, une maison basse attenante à l'école.

Alors que le waki arrive en vue de la demeure, son occupant, agenouillé devant une vieille malle sous la lueur vacillante d'une lanterne de papier, plonge la tête dans le coffre. À l'instant précis où le couvercle se referme sur son cou incliné, ses bras pendant le long du corps, la lueur se fige. Le waki, alerté par ce signe funeste, se dirige vers son unique fenêtre, grillagée, et découvre la scène.

Le waki est ébranlé. Quelle chose étrange…
Cauchemar ou réalité ?

La kyôgenne entre-temps a rejoint le waki, et tous deux maintenant font face à la fenêtre. Au prix d'un effort surhumain, ils se détournent de la vision derrière la vitre, s'éloignent de quelques pas.
« On raconte que cet homme a perdu sa mère quand il était petit, et que cela est cause qu'il aurait contracté la maladie du deuil ! lance la kyôgenne, sous le coup de l'émotion. Selon d'autres rumeurs elle est morte il y a trois ans, mais leurs auteurs disent aussi avoir toujours connu l'homme triste, avant comme après la mort de sa mère…

— Il semble en tout cas que le bonhomme ait un besoin irrépressible de se réfugier dans le corps de cette malle pour n'en plus bouger, réplique le waki. Cette caisse est mortifère, kyôgenne ! »

Certains l'un et l'autre que c'est en la malle
que réside son malheur, le waki et la kyôgenne
conviennent de rendre visite à l'instituteur dès
le lendemain afin d'en examiner le contenu
à son insu.

:

Le jour suivant est un jour sans classe. Les
visiteurs ont apporté des poissons fraîchement
pêchés sur un plateau. Le maître, mâchoire
crispée, est *pâle et amaigri*. L'accueil est
néanmoins courtois.
La malle trône au centre de la pièce. La kyôgenne
suit le maître à la cuisine, une pièce encore
plus basse de plafond que le corps de la maison,
dans le but de l'y retenir le temps nécessaire
à la fouille du coffre.
Le waki resté seul se hâte de soulever le couvercle
avant de s'immobiliser dans le même instant :
rien, nul trésor à l'intérieur, aucune image peinte
ou objet sculpté, aucun bijou, collier, bracelet,
bague, amulette ou objet de toilette, aucun
vêtement, nulle ceinture, pas de linges, aucun
parfum ni vin fin, vaisselle, rien ; nulle trace
d'une quelconque activité, pas de souvenirs.
Le coffre est vide.

Le couvercle est refermé précipitamment tandis
que la kyôgenne apparaît sous le chambranle,
tournant des yeux comme une chèvre mourante ;
elle précède le maître qui tient le plateau devant
lui, à l'horizontale, et la pousse doucement
à l'aide de ce plat, son arête heurtant la
kyôgenne à la pointe inférieure de ses omoplates
(il est grand et elle est petite). Ni théière
ni bols sur ce support que leur hôte dépose
précautionneusement et sans un mot sur la malle.

Prenant congé sur le champ, la kyôgenne et le waki,
dépités, se retrouvent de l'autre côté de la rue,
le plateau à la main. Hument un peu de vinaigre
pour se remettre. *Que faire ?*
— La commune pourrait lui donner quelques heures
de travail, une mission… avance le waki.
La kyôgenne aussitôt :
— Le fossoyeur se fait âgé et a besoin d'aide…
Le waki :
— Bien sûr ! L'homme va creuser ! Ce qui importe,
c'est de faire disparaître cette caisse !

Le maire et ses conseillers se rendent au domicile
de l'instituteur dans l'après-midi. Le soir même
l'homme est aperçu au cimetière : sa tête dépasse
d'une fosse *déjà profonde*. Il creusait et rejetait
la terre au bord du trou, rapportent, avec des
yeux grands ouverts, les gamins à leurs parents.
*(Une jolie fosse, bien d'équerre, sans un éboulis,
les pans filant droit d'un coup jusqu'au fond*,
décrit de son côté le vieux fossoyeur, un accent
d'admiration dans la voix.)
Les kyôgen et le waki ne cachent pas leur
satisfaction. Ils comptent bien que le maître
y enfouisse sa malle dès son ouvrage achevé,
ce qui, à la vitesse où l'homme travaille,
ne saurait tarder.

:

Les choses reprirent bientôt leur cours normal.
Le maître faisait classe sans qu'aucun incident
ne fût à déplorer. Mieux, il ne s'animait plus
seulement lors de ses récits d'Ulysse mais tout
au long de la journée, et communiquait son
enthousiasme aux élèves. Sa face n'était plus
jamais sévère, il n'effrayait plus personne.
Parallèlement il continuait à creuser pour

les morts, ayant pris goût à l'activité, et il
semblait même qu'il dansât dans la tombe,
aux mouvements de pelle légers et saccadés
que les passants surprenaient parfois.

:

Se trouvant quelque temps plus tard à passer près
de la maison du maître, et voyant celui-ci occupé
à son jardin, le waki et les kyôgen le saluèrent
depuis la haie, tout en s'extasiant devant ses
plantations. « Entrez donc, je vous en prie,
leur dit-il. Vous êtes revenus me voir, *nous allons
fêter ça.* »
Quelle ne fut pas leur surprise alors de découvrir
que la vieille malle n'avait pas bougé d'un pouce !
Au lieu de ça le couvercle s'ouvrait maintenant
sur le service à thé, les feuilles de thé,
la bouilloire chaude, le brasier en terre émaillée,
et ne lassait pas de contenir friandises, riz bouilli
et poisson cuisiné – tout était *si bien préparé.*

:

(Cependant que, dans cet endroit isolé du cimetière
qui lui avait été désigné, le trou, le premier que
le maître eut à creuser, demeurait *à ciel ouvert.*)

Ces « Scènes drolatiques » ont été inspirées
de la lecture du théâtre *nô*, auquel ont été empruntés
les personnages et leurs fonctions respectives.
Ainsi le *waki* apparaît-il comme une sorte de médium ;
les *kyôgen* comme des « gens du commun ».

Les phrases ou éléments de phrase composés
en italique dans le texte signalent un autre type
d'emprunt – voir bibliographie p. 71. Les citations
à caractère théorique ou historique ont été synthétisées
dans le souci de leur intégration au texte.

Note et bibliographie

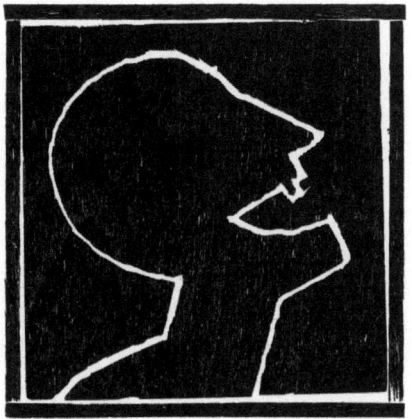

Note

p. 60. La jeune fille sacrifiée est la fille d'Hécube, reine de Troie.

Le mort est Achille.

Bibliographie

Zeami, *Yûgao, Semimaru, Sanemori* (?), et auteur inconnu Iwafune « La Barque-de-Pierre », *Buaku* ; pièces tirées de « Une journée de nô » in *Zeami, La Tradition secrète du nô*, traduction René Sieffert, Gallimard, 1960

Zeami, *Nishikigi*, « L'arbre aux brocarts » et *Obasute*, « La vieille abandonnée » in *La Lande des mortifications, vingt-cinq pièces de nô*, traduction Armen Godel et Koichi Kano, Gallimard, 1994

Florence Dupont, *L'Antiquité, territoire des écarts*, entretiens, Albin Michel, 2013

Mary Douglas, *De la souillure. Essais sur les notions de pollution et de tabou*, La Découverte, 2001

Paul Veyne, *Quand notre monde est devenu chrétien (312-394)*, Albin Michel, 2007

Flaubert, biographie de Michel Winock, Gallimard, 2013

Yvonne Verdier, *Façons de dire, façons de faire. La laveuse, la couturière, la cuisinière*, Gallimard, 1979

Danièle Flaumenbaum, *Femme désirée, femme désirante*, Payot et Rivages, 2006

Dostoïevski, *Les Démons, Les Carnets du sous-sol*, traduction André Markowicz, Actes Sud, 1995 et 1992

Gérard de Nerval, « Sylvie », in *Les Filles du feu*, 1854

Pierre Bourdieu, *Esquisses algériennes*, Seuil, 2008

Le Lais François Villon, traduction Jacqueline Cerquiglini-Toulet, Gallimard, 2014

Junichiro Tanizaki, *Éloge de l'ombre*, Publications orientalistes de France, 1977

Serge Bramly, *La Transparence et le reflet*, JC Lattès, 2015

Arno Schmidt, *Brand's Haide*, [1951], traduction Claude Riehl, Christian Bourgois, 1992, *Scène de la vie d'un faune*, [1953], traduction Jean-Claude Hémery, Christian Bourgois, 1991

François Rabelais, *Gargantua*, 1534, *Pantagruel*, 1532

Marcel Schwob, *Vies imaginaires*, 1896

Alfred Jarry, *Ubu roi*, 1896

Un monde à réparer. Le Livre de Job, traduction Isabelle Cohen, Albin Michel, 2017

Kazuo Ishiguro, *Un artiste du monde flottant*, «Folio», Gallimard, 2009

John Milton, *Le Paradis perdu*, 1667, traduction René de Chateaubriand

Raymond Chandler, *La Dame du lac*, 1943

Vincent Descombes, *Les Embarras de l'identité*, Gallimard, «NRF Essais», 2013

Claudine Tiercelin, «Métaphysique et philosophie de la connaissance», L'annuaire du Collège de France. En ligne, 114 | 2015, mis en ligne le 23 mai 2016. http://journals.openedition.org/annuaire-cdf/11948

Ovide, *Les Métamorphoses*, traduction Marie Cosnay, Éditions de l'Ogre, 2017

Fernand Combet, *SchrummSchrumm ou l'Excursion dominicale aux sables mouvants*, Verticales, 2006

Daniel Arasse, *On n'y voit rien. Descriptions*, Denoël, 2000

Lais de Marie de France, traduction Laurence Harf-Lancner, Le Livre de poche, 1990

Aucassin et Nicolette (XIIe-XIIIe siècle)

Dante, *L'Enfer*, traduction Jacqueline Risset, Flammarion, 1985

Charles Nodier, *Voyages pittoresques et romantiques de l'Ancienne France*, 1820

Laurence des Cars, in catalogue *Gustave Courbet*, éd. RMN, 2008, p. 268

Edward Abbey, *Le Désert solitaire*, Gallmeister, 2010

«Sur les premiers essais de l'opéra en Italie», in *Revue musicale* publiée par M. Fétis, 1835

Eschyle, *Les Perses*, traduction Danielle Sonnier et Boris Donné, Flammarion, 2000

Gabriel García Márquez,
*Chronique d'une mort
annoncée*, 1981

Bram Stocker, *Dracula*,
«Bibliothèque de
La Pléiade», Gallimard,
2019

Euripide, *Hécube*,
traduction Nicole
Loraux et François Rey,
Les Belles Lettres, 1999

Marcel Aymé, *La Vouivre*,
1943

Edogawa Ranpo, *Un
amour inhumain*,
Wombat, 2019

Mircea Eliade, *Le mythe
de l'éternel retour*, 1949

-

*Pour les citations
suivantes, sources:*

-

— *Doutes, rêves, peurs*:
«Je suis plein de
doutes, rêves,
peurs», Flaubert,
Correspondance

— *Je ne veux pas de
funérailles molles*:
Brice Pedroletti,
«Un traumatisme
profond au pays de
Mao», in *Le Monde*,
27 août 2017

— *Je crois que nous
sommes arrivés*,
Courbet

Personnages 7

Prologue 9

Les Chiens de Navarre 13

Gustave Flaubert et Emma Bovary 15

Le chemin des épingles 19

L'ironie romantique 21

Les chibanis 25

La sœur artiste 29

Le philosophe fou 35

La malheureuse, ou femme céleste 39

Lili la centaure et l'essentialisme 45

Une «forme de vie» 53

«La Source de la Loue»
«Still Creek» [Ruisseau paisible] 55

Dracula 59

Remerciements

Isabelle Cohen, Florence Dupont, Hubert Duprat, Renatae Ettl, Pierre Ginsburger, Marie-Laure Jouanno, Isabelle Lartault, Chahira Maital, Pierre Le Pillouër, Pierre Savatier

Dépôt légal : décembre 2021

Édition : BoD – Books on Demand,
12/14, rond-point des Champs-Élysées,
75008 Paris

Impression : BoD – Books on Demand,
Norderstedt, Allemagne